MÉMOIRE

EN FAVEUR

DE LA

COMÉDIE-FRANÇAISE

ADRESSÉ

A LA CHAMBRE DES DÉPUTÉS,

PAR CH. FAUVETY.

PARIS.

IMPRIMERIE ÉDOUARD PROUX ET C°,

RUE NEUVE-DES-BONS-ENFANS, 3.

1847.

MÉMOIRE

EN FAVEUR

DE LA

COMÉDIE-FRANÇAISE

ADRESSÉ

A LA CHAMBRE DES DÉPUTÉS.

Il s'agissait de conquérir un nouveau secours de cent mille francs. C'est dans ce but que le Théâtre-Français s'est mis en campagne depuis bientôt un an ; dès cette époque, son commissaire royal, son comité-directeur, son spirituel plumitif et tous les tirailleurs de la presse qu'on a pu gagner, influencer ou soudoyer, se sont pris à faire de la tactique, se sont livrés à une foule de manœuvres, à l'effet de remporter contre le budget de l'État une victoire complète. Et maintenant, au premier jour, la Comédie va livrer sa grande bataille devant messieurs les députés, qui ne peuvent, à moins d'une ingratitude insigne, se dispenser de lui donner gain de cause, afin de s'acquitter d'un seul coup et en bloc des mille politesses qu'ils en ont reçues pour eux, leurs familles, leurs amis et leurs électeurs. D'ailleurs, les comédiens feront encore bien mieux les choses lorsqu'ils auront cent mille francs de plus à dépenser ; alors ils pourront inviter à leurs soirées littéraires, un peu moins de public payant, mais beaucoup plus de députés, de pairs de France, de hauts fonctionnaires, gens généralement trop riches pour payer leurs places au spectacle, et trop bien élevés pour siffler leurs *amphitryons*.

Au reste, nous comprenons toute l'importance que la Comédie attache à obtenir de la chambre ce supplément de subvention. Ce n'est rien moins qu'un bill d'indemnité pour le passé et un vote de confiance pour l'avenir. Que veut-elle, en effet, sinon se décharger de toute responsabilité envers le public, envers le gouvernement, se faire une situation à l'abri de tout danger, de toute concurrence, et répondre, par une prospérité factice, à toutes les accusations qui lui viendront du dehors ? Elle demande donc qu'on la délivre de toutes les charges de son entreprise, qu'on couvre tous les frais de son exploitation ; alors, quelle que soit son incapacité, son incurie, son impuissance, quelque flagrantes que soient ses fautes, quelque lourdes que soient ses bévues, elle montrera l'état florissant de sa caisse aux gens assez malveillans pour lui demander des comptes.

Mais, nous dira-t-on, à quel prix sera obtenue cette prospérité matérielle dont le Théâtre-Français est en quête aujourd'hui ? Eh ! parbleu ! le pays n'est-il pas là ? Le budget, si complaisant pour tout le monde, sera-t-il impitoyable pour une institution nationale qui a droit à toutes les faveurs du pouvoir ? Que réclame-t-elle, après tout ? une misère, moins que rien.... une rente de cent mille francs de plus. Certes, c'est bien peu de chose pour payer tant de gloire ! La Comédie-Française périclitait, elle était aux abois, elle avait des dettes ; elle menaçait, chose horrible ! elle menaçait de faire faillite, elle, la petite-fille de Louis XIV et de Napoléon ! Avec deux cent mille francs de subvention, MM. les Sociétaires, que dis-je, MM. les Comédiens ordinaires du roi mouraient quasi de faim, ne pouvaient que très misérablement élever leurs familles ; les créanciers, fatigués d'attendre, assiégeaient leurs portes, la gêne allait bientôt produire le scandale, le désastre était imminent et grondait sur le seuil du premier théâtre du monde ! Et l'on aurait la cruauté de refuser à cette pauvre Comédie l'aumône qu'elle implore à grands cris, en montrant ses plaies, en confessant, elle si fière jadis, sa profonde misère. On lui refuserait, à elle qui représente l'art dramatique dans son expression la plus élevée, à elle la gardienne vigilante de nos plus belles traditions littéraires, on lui refuserait un misérable secours de cent mille francs ! Oh ! non, nous pouvons chicaner quand il s'agit de populations malheureuses, exposées à toutes les tortures de la faim, à toutes les suggestions fatales de la misère ; mais quand il s'agit de l'art, du sort de comédiens habitués à mener une vie douce, facile, luxueuse, bien chauffés, bien nourris, bien engraissés dans leur insolente paresse ; oh ! pour ceux-là, nous ne saurions leur rien refuser ; le budget, dans une des années les plus déplorables, les plus calamiteuses qui se soient vues encore, s'empressera de grossir ses colonnes d'un titre de plus qu'on pourra classer ainsi : *Encouragement à la paresse et à la médiocrité !...*

Nous serions désolé d'aligner de grands mots pour ne conclure à rien ; si nous formulons des accusations, nous voulons les appuyer sur des faits, et nous prétendons démontrer, avec la dernière évidence, que la Comédie-Française, même telle que l'a faite sa déplorable administration, peut trouver dans sa propre constitution tous les élémens de salut, toutes les conditions d'une véritable prospérité. Pour cela, nous aurons besoin de passer en revue les clauses principales de cette constitution.

En examinant les ordonnances, lois et décrets qui, à différentes époques, ont établi et réglementé la Comédie-Française, on y retrouve toujours, malgré tous les changemens de forme et de détail, le même principe fondamental : l'ordonnance constitutive de 1757, le règlement de 1766, et enfin le décret de Moscou (1812) établissent avant toute chose que la volonté des Sociétaires est soumise à celle du gouvernement. Sous Louis XV et Louis XVI c'est le roi, représenté par les premiers gentilshommes de la chambre ; sous Napoléon, c'est l'empereur, représenté par le surintendant, qui sont les véritables directeurs. Et il en devait être ainsi : le gouvernement, qui autorise, qui protége et qui paie, doit toujours être le maître ; il a droit de contrôle, en vertu de l'argent qu'il donne, et le principe est là, entre le pouvoir et les comédiens, ce qu'il est naturellement entre la nation et le pouvoir. Il faut reconnaître au gouvernement la faculté de s'immiscer dans les affaires du théâtre, afin que la nation puisse demander à ses agens compte de l'emploi des fonds dont ils disposent.

Comme le décret impérial du 12 octobre 1812 résume et complète tous les anciens règlemens et ordonnances, nous allons nous occuper seulement de ce décret, sur lequel repose toute l'organisation du Théâtre-Français. Il nous suffirait, en quelque sorte, de rapporter les termes de cette charte des comédiens, pour prouver, aux yeux de tout homme sérieux et impartial, que si le pouvoir exécutif avait su faire exécuter *la loi*, il n'aurait pas besoin aujourd'hui de dépenser cent mille francs de plus par an pour replâtrer un édifice *lézardé* par la faute et l'incurie de ses habitans.

Avant toute chose, le décret institue et définit le pouvoir qui doit diriger l'institution.

TITRE PREMIER.

Article premier. Le Théâtre-Français continuera d'être placé sous la surveillance et *la direction* du surintendant de nos spectacles.

Art. 2. Un commissaire impérial, nommé par nous, sera chargé de transmettre aux comédiens les ordres du surintendant. Il surveillera toutes les parties de l'administration et de la comptabilité.

Art. 3. Il sera chargé, *sous sa reponsabilité*, de faire exécuter, dans toutes leurs dispositions, les règlemens et les ordres de service du surintendant. A cet effet, il donnera personnellement tous les ordres nécessaires.

Art. 4. En cas d'inexécution ou de violation des règlemens, il en dressera procès-verbal et le remettra au surintendant.

Depuis que la charge de surintendant des spectacles a été détruite, le ministre de l'intérieur se trouve seul en remplir les fonctions. D'après les termes précis de la loi, c'est donc le *ministre de l'intérieur* qui est le véritable directeur du Théâtre-Français. Le commissaire royal est son délégué. M. Duchâtel et M. Buloz sont donc responsables de tous les actes administratifs et directoriaux de la Comédie-Française, depuis que l'un et l'autre sont entrés en fonction.

On n'attend pas de nous que nous passions en revue tous les actes qui ont conduit l'institution du Théâtre-Français à l'état déplorable où elle se trouve, de son propre aveu. Nous ne voulons pas, d'ailleurs, accuser le ministre d'avoir mal administré la maison; cette accusation ne serait pas fondée. M. Duchâtel aurait le droit de nous répondre qu'il n'a pas administré du tout; il pourrait même ajouter qu'il n'a pas dirigé non plus et qu'il n'a rien surveillé. Comme la chambre a accordé à M. Duchâtel l'exemption de mille peccadilles plus importantes que celle-ci, nous n'insisterons pas sur ce point, et nous nous garderons bien de dire que M. Duchâtel, étant ministre pour diriger et pour surveiller, n'a pas fait son devoir dans cette circonstance. Nous lui apprendrons seulement, si toutefois il l'ignore, que son représentant, son délégué, son commissaire royal n'a pas *fait son métier*, qui était de *surveiller toutes les parties de l'administration et de la comptabilité*, et surtout de faire exécuter les lois et règlemens. Nous serons obligé d'insister un peu sur ce point, car nous aurons bien de la peine à prouver à M. le ministre de l'intérieur que le propriétaire de *la Revue des Deux-Mondes* n'est pas le meilleur fonctionnaire possible. Cependant, si un préfet, pour complaire à ses administrés, entretenait dans son département l'anarchie et le désordre, le ministre de l'intérieur ne serait-il pas bien coupable de souffrir un tel état de choses? si le chef d'un parquet négligeait, dans son ressort, de faire respecter et appliquer la loi, le ministre de la justice supporterait-il une aussi coupable négligence? Le commissaire royal près le Théâtre-Français réunit entre ses mains les pouvoirs d'un préfet pour diriger et surveiller l'administration de *son département*, et les fonctions non moins importantes d'un procureur général pour appliquer la loi dans toute sa rigueur et sa vérité. Or, à ces deux points de vue, M. Buloz a été également coupable ou également impuissant. C'est ce que nous allons prouver, en comparant aux actes qu'il a accomplis ou laissé accomplir, les obligations que lui faisait sa charge, les prescriptions que lui imposait la loi.

Le titre II du décret constitutif définit les droits des membres sociétaires et les règles imposées à l'association. L'article 6 établit *que le produit des recettes, tous les frais et dépenses prélevés, sera divisé en vingt-quatre parts.* Deux parts doivent être mises en réserve pour les besoins imprévus et pour augmenter le fonds des pensions de la Société. *Les vingt-deux parts restantes* (article 10), *continueront d'être réparties entre les comédiens-sociétaires, depuis un huitième de part jusqu'à une part entière, qui sera le maximum.*

Comme on le voit par le texte des articles 6, 7, 8, 9 et 10, les émolumens des sociétaires doivent être payés au moyen des recettes de l'année. On a contrevenu aux sages intentions du législateur lorsqu'on a décidé que ces émolumens seraient payés au moyen de la subvention. Et cette décision, prise dans l'intérêt de la Comédie-Française, a été peut-être la véritable source de sa décadence. En effet, depuis que messieurs les Sociétaires sont assurés de toucher exactement au Trésor leurs 12,000 francs par an, ils se préoccupent beaucoup moins de leurs recettes. Ils laissent la Comédie s'endetter pour parer aux frais quotidiens que les recettes ne suffisent plus à payer ; mais, que leur importe ? Ils s'engraissent dans leur paresse et dans leur oisiveté ; ils ont 1,000 fr. par mois qui ne peuvent pas leur manquer et que les créanciers de la Société ne peuvent atteindre. Joignez à cela les feux, les jetons de présence, les congés, et, pour plusieurs d'entre eux, les bénéfices du professorat, les droits d'auteur et autres tours de bâton, et vous trouverez que chaque sociétaire peut très bien se faire un revenu de 15 à 20,000 livres de rente *(aurea mediocritas !)*, tout en laissant tomber en ruine et en déconfiture la Société dont il fait partie.

Si l'homme chargé de faire exécuter la loi avait appliqué la subvention votée par les chambres à payer les frais journaliers, les dépenses extraordinaires, les appointemens des pensionnaires et employés, et qu'il eût obligé les Sociétaires à se partager le produit des recettes, il en serait résulté beaucoup plus de zèle et de travail de la part des membres associés. Ils auraient cherché par tous les moyens possibles à appeler le public dans leur salle ; ils auraient fait tous

leurs efforts pour remplir la caisse sociale en introduisant
dans leur troupe et dans leur répertoire les meilleurs élémens de succès. C'est ainsi que faisaient, au reste, leurs pré-
décesseurs qui, deux fois plus nombreux, se passaient de
subvention et touchaient des parts de 25 et de 30,000 francs.
En divisant les bénéfices annuels en vingt-quatre parts, le législateur avait voulu que le nombre des Sociétaires fût au
moins de vingt-sept à trente; car il y avait toujours sept ou
huit personnes qui n'avaient que des demi-parts ou des quarts
de part. Nous trouvons dans un almanach de 1819 trente et
un Sociétaires et chaque comédien de cette époque en valait
au moins deux de notre temps. Aujourd'hui nous n'avons ni
la qualité ni la quantité. Il n'y a plus que dix-huit Sociétaires,
et au lieu de s'appeler Talma, Lafont, Monrose, Firmin, Du-
chesnois, Mars, etc., etc...., ils s'appellent MM. Guyon, Leroux, Brindeau, Mmes Noblet, Mélingue, etc., etc.... Qu'on
ne parle pas cependant aux comédiens de se compléter,
qu'on ne leur dise pas qu'ils sont aussi insuffisans par le nombre que par le talent, ils vous répondront et vous feront
répondre par leurs journaux subventionnés, qu'en dehors
d'eux-mêmes il n'y a ni comédiens ni comédiennes, qu'ils
sont les seuls et qu'ils ne gagnent pas déjà trop d'argent
pour aller encore augmenter leurs charges. Nous prouve-
rons plus tard, par des noms et des exemples, la fausseté de
cette allégation; pour le moment, nous nous contenterons de
faire observer que les comédiens français ont intérêt à faire
le désert autour d'eux et à circonscrire autant que possible
le nombre des sociétaires. En effet, ayant 200,000 francs de
subvention à se partager, la part de chacun sera d'autant plus
faible que le nombre des copartageans sera plus considérable. Le ministre a fixé la part à 12,000 francs; mais si, au
lieu d'être divisée en dix-huit parties, la subvention était al-
louée pour vingt-cinq ou trente personnes, le chiffre reve-

nant à chacun serait considérablement diminué ; en d'autres
termes, le dividende restant le même et le diviseur étant
augmenté, le quotient est nécessairement réduit de tout ce
qu'on a donné au nombre diviseur. MM. les comédiens du roi
ont assez d'arithmétique pour comprendre cela ; aussi, non
seulement ils font tout au monde pour maintenir cet état de
choses, mais encore ils ont l'audace de demander 100,000 fr.
de plus pour grossir le quotient, c'est à dire la part afférente
à chacun d'eux.

Nous en avons dit assez pour établir que la loi organique
n'a pas été exécutée en ce qui touche la distribution des
parts et le nombre des Sociétaires. Nous aurons occasion de
revenir sur ce fait et de prouver combien cette contravention
a eu de fatales conséquences pour l'institution.

La deuxième section du titre II règle ce qui est relatif aux
pensions et retraites.

On sait que l'empereur, en même temps qu'il promulgait
le décret de Moscou, constitua, par ordonnance spéciale, une
dotation de deux millions dont la rente, servie depuis cette
époque au Théâtre-Français, vient ajouter à la subvention
votée par les chambres un petit revenu de 125,000 fr. Cette
somme, dont les comédiens ne parlent jamais dans leurs sup-
pliques, est destinée à servir les pensions des Sociétaires retirés. Elle devait être grossie par la demi-part réservée en
l'article 8. De plus, dans son admirable prévoyance, le législateur exige qu'une somme de 50,000 fr. soit prélevée annuellement sur les recettes, *pour assurer le paiement des pensions accordées sur les fonds particuliers de la Société.* Cette
somme, placée à mesure pour le compte de la Société, ne
peut être ni aliénée ni engagée ; mais à la retraite de chaque
Sociétaire le remboursement du capital de cette retenue doit
lui être fait au *prorata* de ce qu'il y aura contribué.

L'article 25 nous explique le motif de cette réserve : « Tout

Sociétaire, y est-il dit, qui quittera le théâtre sans en avoir obtenu la permission du surintendant, perdra la somme pour laquelle il aura contribué et n'aura droit à aucune pension. »

Un exemple récent est venu faire ressortir la sagesse de cette prescription et les graves inconvéniens qui peuvent résulter de sa non-exécution. Nous voulons parler de la rupture de ban de mademoiselle Plessy, qui ne se serait peut-être pas enfuie si elle avait dû laisser, entre les mains de ses camarades, une réserve de 20 ou 25,000 fr. Dans tous les cas, cette indemnité aurait pu les consoler un peu de sa perte, et ils n'auraient pas été obligés de la faire condamner à des dommages-intérêts *irrécouvrables*, puisqu'elle ne laissait en France rien qui pût être saisi.

Plus nous avançons dans notre examen et plus notre étonnement augmente en voyant une collection d'individus se soustraire impunément aux prescriptions de la loi, ou n'accepter de cette loi que ce qui peut favoriser leurs menées et leurs mauvaises passions. Ainsi les comédiens invoquent le texte du décret de Moscou toutes les fois qu'ils ont à défendre leurs intérêts ligués, leurs droits de s'administrer eux-mêmes, et surtout lorsqu'il s'agit pour eux de subvention, de dotation, d'arriérés à faire payer par le budget ; mais ils ont grand soin d'en faire mentir et l'esprit et la lettre pour tout ce qui peut sauvegarder l'institution et la garantir du désordre et de l'anarchie. Il restera cependant à examiner lesquels sont les plus coupables, des citoyens qui violent impudemment la loi, ou des fonctionnaires délégués par le gouvernement, qui ne savent pas ou ne veulent pas la faire exécuter. Il serait temps enfin de rentrer dans la légalité. Le décret de Moscou est inscrit au *Bulletin des Lois* (4ᵉ série B. 469, nᵒ 8577). Aucune loi nouvelle n'y est venue porter atteinte; il est sage et juste dans toutes ses parties ; mais lors même qu'il en serait autrement, on ne lui devrait pas moins fidèle exécution et obéissance, parce qu'il est *la loi.*

Le titre III s'occupe de l'administration intérieure et définit les fonctions du comité. Le comité, choisi parmi les Sociétaires, est chargé de tout ce qui concerne l'administration et doit soumettre le budget annuel à l'approbation du surintendant.

« A la fin de chaque mois, les états de recette et de dépense seront arrêtés par le comité et approuvés par le **commissaire impérial**. (Art. 34.)

» D'après cet arrêté et cette approbation, seront prélevés sur la recette, d'abord les droits d'auteur, ensuite toutes les dépenses : 1° pour appointemens d'acteurs, traitemens d'employés ou gagistes ; 2° la somme prescrite pour le fonds des pensions de la Société ; 3° le montant des mémoires, tant pour dépenses courantes que fournitures extraordinaires. (Art. 35.)

» Le reste sera partagé conformément aux articles 6, 7, 8, 9 et 10. »

Comme on le voit, tout doit passer sous les yeux du commissaire royal et du surintendant (lisez *ministre*). Les Sociétaires ne doivent être payés qu'après : 1° les acteurs à engagemens et employés de tout genre ; 2° les Sociétaires retirés, et enfin les fournisseurs. Or, comment se fait-il que les comédiens associés reçoivent, au contraire, leurs parts et leurs feux par privilége et antérieurement à tous autres créanciers ? comment se fait-il que le commissaire royal et le ministre aient permis à la Comédie-Française de contracter ces dettes énormes que l'on prétend faire éteindre à l'avenir par le budget de l'Etat au moyen d'une allocation spéciale ? et surtout comment se peut-il qu'après avoir ainsi forfait à son devoir et à son mandat, on ose venir demander à la chambre d'approuver, par un vote de confiance, la violation de la loi, et d'encourager par un nouveau secours la continuation de coupables tripotages? Quelle estime fait-on des représentans de la France si on croit séduire la majorité par des intrigues de coulisse ou par des loges distribuées gratis à domicile? On n'avait pas encore apprécié si bas les consciences, qu'on pût espérer les gagner par d'aussi infimes séductions. Quant à nous, comme nous ne doutons pas que la chambre donne tôt ou tard à ces gens-là la leçon qu'ils méritent, nous continuerons à faire tous nos efforts pour élucider à ses yeux et à ceux du public une question que les parties intéressées ont toujours cherché à obscurcir et à faire apprécier mensongèrement. Poursuivons donc notre examen du décret de Moscou.

Le titre IV traite de la distribution des emplois, de la formation du répertoire et des débuts. Nous pourrions signaler, dans les deux premières sections, bien des contraventions au texte du décret ; mais comme elles ont eu sur la prospérité matérielle du théâtre une action moins directe que les précédentes, nous nous occuperons seulement de la troisième section qui règle les débuts.

Ici encore, comme dans tous les cas qui ne concernent pas l'administration intérieure, nous retrouvons la toute-puissante initiative du ministre : « Le surintendant donnera seul les ordres de début sur notre Théâtre-Français, » dit expressément l'article 61.

C'est encore le ministre qui, après les débuts et après un engagement d'essai d'au moins un an, fait les Sociétaires. Ainsi, l'article 67 porte : « Les débutans qui auront eu des succès et annoncé du talent, seront reçus à l'essai au moins pour un an, et ensuite comme Sociétaires, par le surintendant, selon qu'il le jugera convenable. »

Le ministre a trop rarement usé de la faculté que lui donnait la loi de nommer des sociétaires ; mais en cela il n'a fait sans doute que céder aux influences des individualités composant l'association ; car, ainsi que nous l'avons dit, les Sociétaires ont tout intérêt à se réduire au plus petit nombre possible, afin que la part de la subvention soit plus grosse pour chacun. Cependant, bien que le ministre ait rarement usé de sa prérogative, il a trouvé le moyen de violer lui-même la loi qu'il était chargé de faire exécuter. C'est ainsi qu'il a fait recevoir Sociétaires, *sans la formalité des débuts*, un acteur des Variétés et une actrice de l'Ambigu-Comique. Cette mesure, contraire au texte des articles 63, 66 et 67, a eu des résultats fâcheux. On n'a pas tardé, en effet, à s'apercevoir que ces artistes, qui n'avaient joué jusque là, l'une que le drame et l'autre que le vaudeville, ne pouvaient rendre que peu ou point de services dans l'ancien répertoire.

Cependant, le plus grand tort d'un gouvernement n'est peut-être pas de mal gouverner, comme il est arrivé dans la double circonstance que nous avons rappelée, mais bien plutôt *de ne pas gouverner.* Or, telle a été la faiblesse ou l'incurie du ministre de l'intérieur, qu'il a laissé usurper, par les Sociétaires, le pouvoir exécutif que la loi avait mis dans ses seules mains. Dire comment a eu lieu cet envahissement de sa puissance, ce sera raconter en même temps comment l'anarchie et le désordre ont commencé à régner dans l'institution. Le pouvoir central étant annihilé, toute unité s'est trouvée détruite. La clé de voûte étant enlevée, l'édifice devait s'affaisser sous son propre poids.

On a vu par le texte du décret que nous avons rapporté, que le ministre, c'est à dire le pouvoir exécutif, est représenté auprès du Théâtre-Français par le commissaire royal. Celui-ci est donc chargé de veiller à l'exécution des règlemens et de protéger l'institution contre les empiètemens des membres intéressés. Or, depuis que les Sociétaires ont séparé leurs divers intérêts de ceux de l'institution, ils ont cherché à se soustraire à la surveillance importune du gouvernement. Jusqu'à l'avènement de M. Buloz, le commissaire royal s'était trouvé en opposition avec eux, parce qu'il défendait les droits de l'Etat et du ministre; mais lorsque le directeur de la *Revue des Deux-Mondes* eut été nommé à la place de M. Taylor, les comédiens lui proposèrent de les représenter auprès du gouvernement et de prendre en main la conduite de leurs propres affaires. M. Buloz accepta le cumul et consentit à représenter les deux parties. Il est résulté de cet arrangement que M. Buloz, recevant 6000 f. de l'Etat comme commissaire royal, et 6000 f. des comédiens comme leur chargé d'affaires s'est cru obligé de ne rien faire du tout, dans la crainte de contrarier l'un ou l'autre de ses mandataires, en paraissant se dévouer à l'adverse partie. Les deux forces qui le sollicitaient étant égales, se sont neutralisées l'une l'autre.

C'est bien là ce que voulaient les comédiens; car, sachant que les ministres constitutionnels sont trop occupés à défendre leurs portefeuilles pour avoir le temps de gouverner, ils étaient bien sûrs que personne ne viendrait gêner leurs *manipulations* administratives. Aussi, dès ce moment, les intérêts particuliers des membres associés ont cherché à se satisfaire par tous les moyens possibles, et presque toujours aux dépens de l'intérêt général. Ainsi la Société a contracté deux ou trois cent mille francs de dettes, mais chaque Sociétaire a vécu largement ou fait des économies; la troupe s'est recrutée des plus innocentes médiocrités, et le comité a refusé toute œuvre forte et originale; mais les Sociétaires qui avaient des frères, des sœurs ou des neveux, leur ont procuré des engagemens, mais les sociétaires auteurs ont fait jouer leurs pièces. Grâce aux loges, données à profusion, et grâce aux fonds secrets (car nous avons aussi nos fonds secrets), on a acheté les éloges ou le silence de la presse. Au moyen de réclames de tout genre et d'un charlatanisme judaïque, on a abrité, sous la réputation usurpée d'une seule p sonne, la paresse et l'impuissance de toute la Compagnie, et enfin, au lieu de ce public payant qu'avait chassé l'ennui et la monotonie, on a obtenu des succès faciles et gratuits devant les fournisseurs de ces messieurs et de ces dames, et devant ce monde officiel pour lequel le budget paraît subventionner les théâtres royaux.

Parmi toutes les causes de dissolution que l'influence anarchique des Sociétaires a introduites dans l'institution, la plus grave est, sans contredit, la faculté qu'on leur a laissé usurper de former leur troupe et de se recruter eux-mêmes. Ce n'est pas sans raison que le législateur, qui savait combien l'amour-propre du comédien est implacable, avait voulu que ce droit fût exclusivement attribué au ministre. Il n'ignorait pas, lui, que les Sociétaires, bien loin de chercher les gens de talent pour les faire entrer dans leur société, feraient tout au monde pour écarter les rivaux capables d'effacer ou de partager leur renommée acquise. Comment admettre, en effet, qu'un chef d'emploi se verrait, avec plaisir, doubler par un second qui vaudrait mieux que lui? Le chef d'emploi, au contraire, fera tous ses efforts pour écarter le rival qu'il redoute; il s'entendra avec ses camarades qui, demain, peuvent être dans le cas de lui demander le même service, et c'est ainsi que, se passant mutuellement la rhubarbe et le séné, la réputation des anciens titulaires se maintient par l'infériorité relative des nouveau-venus. Qu'on jette un coup d'œil sur la liste des pensionnaires et sur celle des cinq ou six dernières recrues de la Société, et l'on reconnaîtra combien cette manœuvre a été systématiquement employée.

Nous savons bien que, pour motiver leur conduite, les Sociétaires prétendent que les sujets manquent et qu'ils ne voient nulle part, en dehors de leur compagnie, l'étoffe d'un bon comédien. Si cela était vrai, les trois professeurs du Conservatoire, qui sont dans le sein de la Société et dont l'Etat gage la vigilance, pourraient bien être pris à partie sur cette

prétendue stérilité de la présente génération. On pourrait
bien leur demander si, chez eux, l'égoïsme du comédien n'a
pas fait taire la conscience du professeur? Mais comme nous
ne voulons appuyer notre critique que sur des faits patens,
avérés et faciles à vérifier pour tout le monde, nous nous
bornerons à démentir leur assertion, et nous affirmerons
qu'il y a partout, en dehors de leur compagnie, d'habiles interprètes de la comédie, du drame et de la tragédie, que s'ils
ne les voient pas, c'est qu'ils ont intérêt à ne pas les voir, et
que s'ils ne les appellent pas c'est qu'ils craignent leur talent
et la concurrence de leur renommée. Nous nous abstiendrons
de citer des noms propres, parce que nous ne voulons pas
qu'on nous accuse d'être l'avocat de telle ou telle ambition
déçue, quand nous n'entendons plaider que la cause de l'art
et de la littérature; d'ailleurs nos lecteurs suppléeront à notre
silence par leurs souvenirs, et en voyant sur les divers théâtres de Paris, de la province et de l'étranger, tant d'artistes
distingués, en se rappelant tous ceux qui ont passé depuis
dix ans, soit comme pensionnaires, soit comme débutans sur
la scène de la rue Richelieu, ils pourront se convaincre que
les comédiens ordinaires du roi, s'ils n'ont pas le monopole
du talent et de la gloire, savent du moins comment, en étouf-
fant les rivaux que l'on craint, en dégoûtant les pensionnaires qui déplaisent, en forçant à l'exil ou à la retraite les camarades dont le talent fait ombrage, on arrive à faire le désert autour de soi, et à être les plus grands par cela même
qu'on est les seuls !

La pernicieuse influence des intérêts privés au sein de la
Comédie-Française, s'est manifestée, non pas seulement dans
les exclusions, mais aussi dans les recrues que l'on a faites
depuis huit ou dix ans. Bien que les anciens Sociétaires, dont
la nomination remonte au delà de ce laps de temps, ne soient
pas des Fleury, des Talma, des Molé, des Monvel, combien

cependant leur mérite dépasse celui des derniers venus! Et
cela devait être ainsi, par la force de cette loi naturelle innée
au cœur de tout homme et de tout animal, et qui s'appelle le
soin de sa propre conservation. En effet, par esprit de conservation, chaque Sociétaire pouvant en quelque sorte faire
son choix, a nécessairement cherché, avant toute chose *un
double* qui lui fût inférieur en talent et en influence. Cependant, bien qu'un pareil système soit en rapport avec la loi
naturelle, il n'en a pas moins été très fatal pour la Comédie-
Française. Descendant ainsi de gradation en gradation, al-
lant du passable au médiocre et du médiocre au mauvais, où
arrivera-t-on, bon Dieu! si l'on n'y met bon ordre?

Avant d'abandonner ce sujet, disons encore, pour rendre
hommage à la vérité, que la médiocrité n'a pas été toutefois
à elle seule un titre suffisant pour trouver accès dans la Société. Dans leur exclusivisme forcené, les *vieux* n'ont fait de
nouveaux Sociétaires que lorsqu'ils ont eu la main forcée par
quelque puissante influence, ou qu'ils ont espéré tirer quelque profit de la mesure. Ainsi, un de leurs jeunes premiers
ne fut reçu, malgré un récent échec sur une scène d'ordre
inférieur, que parce que son talent était mis en saillie par les
services que son père, correspondant des théâtres de province, pouvait rendre à ces messieurs et à ces dames en leur
procurant des tournées départementales pendant leurs congés. Une autre personne fut agréée sans coup férir, parce
que le protecteur de sa mère prêta ou fit prêter une somme
considérable à l'administration. Mlle Denain dut sa réception
à la fuite de Mlle Plessy et à l'embarras où se trouvait la Comédie, prise ainsi au dépourvu et n'ayant pas la moindre
Célimène. M. Leroux profita d'une circonstance analogue. Un
voyage que M. Brindeau fit en Belgique, voyage qu'on avait
à tort pris pour une fugue, privait la compagnie d'un premier rôle indispensable; M. Leroux, qui trouva le moment

favorable, menaça de rompre son engagement si on ne lui faisait une promesse de Sociétaire. Il l'obtint, et fut reçu six mois après. Comme on le voit, de pareilles exigences n'auraient pas lieu dans une administration conduite par un pouvoir ferme et unitaire; elles n'auraient pas lieu surtout si le décret de Moscou était exécuté dans sa vérité et que chaque emploi, au lieu d'être occupé par un seul titulaire, fût tenu par deux ou trois sujets capables de remplacer leur chef de file.

Après avoir analysé les principales dispositions du décret et avoir dit les inconvéniens qui résultent de leur violation, il nous reste à établir approximativement le budget des recettes et des dépenses de la Comédie-Française, afin de savoir, par l'examen de ses ressources, si elle a vraiment besoin du secours qu'elle sollicite.

Nous avons lu plusieurs fois, dans des journaux acquis à la Comédie-Française, une erreur que celle-ci a sinon inspirée, du moins accréditée par son silence. Ces journaux avançaient que les sociétaires actuels étaient obligés de payer sur leurs recettes les rentes des anciens Sociétaires, et que ces rentes ne s'élevaient pas à moins de 175 ou 180,000 francs. Les journalistes qui ont écrit de pareilles choses, savent aussi bien que nous que les pensions des Sociétaires retirés, qui s'élèvent à 140,000 francs au plus, et non pas à 175,000, sont payées par la rente des 2 millions constitués en 1812 par l'empereur et par les revenus acquis depuis cette époque. La Comédie-Française possède, en dehors de ses recettes et de sa subvention annuelle, un revenu de 135 à 140,000 francs. Cette somme suffit pour payer les pensions de retraite, lesquelles d'ailleurs ont été calculées sur le revenu fixe de la Société et ne peuvent pas dépasser la somme de ce revenu (1).

(1) Aux termes du traité de Moscou, la pension de chaque Sociétaire retiré après vingt ans de service, devait être de 4,000 francs; mais les

En conséquence, il est inutile de faire figurer au budget des dépenses les pensions de retraite, puisque les revenus de la maison suffisent pour les payer. Ces deux sommes se balançant au débit et au crédit, il est inutile de les porter en ligne de compte.

Par la même raison, nous n'aurons pas à mentionner au nombre des charges de la Société, les émolumens des Sociétaires, attendu que ces émolumens sont acquittés par la subvention annuelle de 200,000 francs.

Voyons donc quelles sont les autres charges qui grèvent annuellement la Comédie-Française.

revenus de la Société ayant été accrus par l'augmentation de la rente et, grâce aux soins de l'acteur *Saint-Prix*, qui mérita par son excellente administration la reconnaissance de ses camarades, on put augmenter d'un quart les pensions attribuées à chaque Sociétaire. Depuis cette époque, chaque Sociétaire retiré après vingt ans de service, jouit d'une retraite de 5,000 francs. Les sujets qui avaient plus de trente ans, virent augmenter leurs revenus dans la même proportion.

Voici la liste des Sociétaires retirés actuellement existans :

MM.		Mmes.	
Dupont.	4,000 fr.	A reporter	65,000 fr.
Armand.	7,800	Talma.	5,200
Michelot.	6,400	Thénard.	7,600
Cartigny.	5,000	Demerson.	5,000
Firmin.	5,000	Dupuis.	6,400
Joanny.	5,000	Dupont.	7,000
David.	5,000	Tousez.	6,400
Armand Dailly.	5,000	Brocard.	5,000
Desmousseaux.	6,800	Hervey.	4,850
Menjaud.	5,800		————
Saint-Aulaire.	5,000		112,450 fr.
Perrier.	5,000	En évaluant à 20,000 ci.	20,000
	————	les pensions affectées	
	65,000 fr.	aux anciens employés,	
		nous arrivons à une	————
		somme de.	132,450 fr.

Nous ne croyons pas qu'il y ait erreur dans les chiffres de ce tableau; mais, dans tous les cas, cette erreur ne peut être grave, et le total ne peut en être que très-faiblement affecté.

La troupe du premier théâtre du monde se compose de dix-huit Sociétaires qui se partagent, comme nous l'avons dit, la subvention, et de vingt ou vingt-quatre Pensionnaires dont les appointemens, qui varient de 1,500 fr. à 5,000 fr. (1), forment une somme d'environ 55,000 fr. que nous portons, de peur d'omission, à. : . . ı ı ı . . . . : fr. 60,000
Les autres dépenses fixes (2) ne s'élèvent pas à plus de. . . . . ı ı . ı ı . ; . 90,000

Ce qui fait en tout. . . . . fr. 150,000

On nous reprochera peut-être de ne pas avoir compté les frais de mise en scène et de décors pour ouvrages nouveaux. Nous répondrons à cela que les ouvrages qui occasionnent des frais extraordinaires sont très rares au Théâtre-Français, et que d'ailleurs les recettes qu'ils font faire dans leur nouveauté doivent couvrir les dépenses qu'ils ont occasionnées.

(1) Le départ de Mme Volnys a déchargé le total attribué aux pensionnaires de 12,000 fr., qu'on payait à cette artiste. — La rupture de son engagement va de plus faire entrer dans la caisse sociale, à titre d'indemnité, une somme de 24 mille francs, somme qui représente deux années de ses appointemens, et procure à la Comédie la restitution de ce qu'elle a payé à cette Pensionnaire depuis son engagement. Mme Volnys aura donc resté deux ans pour rien au Théâtre-Français.

(2) Voici comment on peut les évaluer en taxant toute chose au maximum :

Figurans ordinaires.	3,000 fr.
Machinistes.	10,000
Contrôleurs, secrétaire, caissier.	10,000
Petits employés et domestiques.	3,000
Éclairage et chauffage.	32,000
Garde (25 francs par jour).	9,000
Affiches.	8,000
Orchestre.	9,000
Entretien des costumes.	5,000
Assurance pour le matériel (le monument étant assuré par la liste civile).	1,000
	90,000 fr.

Prévenons aussi un autre reproche qu'on pourra nous faire, c'est d'avoir omis le chapitre des fonds secrets et surtout celui si coûteux des *assureurs de succès*. Nous avouerons franchement que nous ne connaissons pas le chiffre de ces dépenses honteuses. Au reste, ces sortes de dépenses et les frais extraordinaires mentionnés ci-dessus, ne doivent pas dépasser la somme de 25,000 francs que la Comédie touche annuellement de la liste civile pour la loge royale, et que nous aurions eu à défalquer de son passif (1).

Nous n'avons pas parlé non plus du loyer de la salle, fixé à 70,000 fr., par l'excellente raison qu'on ne le paie pas. Le roi, jusqu'ici, en a toujours fait la remise, et la Comédie, probablement, ne forcera pas Sa Majesté à en exiger désormais le paiement.

Ainsi, en exagérant tous les chiffres et mettant toutes les dépenses au maximum, nous trouvons que la Comédie-Française n'a besoin, pour couvrir ses frais, que de 150,000 fr. de

(1) On nous assure que les succès (et quels succès!) coûtent à l'administration bien plus cher que nous ne paraissons croire. Si cela est vrai, c'est une accusation de plus à porter contre les comédiens et leurs complices. Nous avons bien vu à certaines représentations, surtout à celles de Mlle Rachel, le parterre rempli d'une masse formidable de claqueurs; tout récemment encore, à la première représentation de *Robert Bruce* (auteur, M. Beauvallet, sociétaire), nous avons bien compté trois cents Romains défilant devant leur général, qui les haranguait au passage à la manière des héros de Salluste; nous savons bien qu'on a soin de faire entrer la plupart de ces manœuvres par la porte des artistes, pour les dissimuler autant que possible au public, qui, lorsqu'il arrive après avoir fait queue pendant une heure, se trouve relégué aux plus mauvaises places, et souvent forcé de monter aux troisièmes galeries; de plus, nous regrettons vivement que l'autorité n'intervienne pas pour mettre un terme à cet abus, et surtout nous nous indignons que nos concitoyens aient si peu de soin de leur dignité et de leur liberté individuelle qu'ils souffrent qu'on y porte une aussi grave atteinte; mais nous ne pouvons croire que ces triomphes de la force brutale sur l'intelligence, que ces stupides satisfactions données à l'amour-propre et à la médiocrité, coûtent à la caisse sociale et par contre-coup à l'Etat (qui tôt au tard sera obligé de payer les dettes de la Comédie) la somme énorme que l'on nous indique.

recette annuelle, ou de 416 fr. par jour. Or, l'administration fait dire dans ses réclames, que Mlle Rachel, chaque fois qu'elle joue, fait salle comble et procure des recettes de 5 ou 6,000 fr. A ce compte, comme Mlle Rachel joue au moins soixante fois dans l'année, il résulterait de ses seules représentations une recette annuelle de 300,000 fr., c'est à dire 150,000 fr. de bénéfice net, sans compter les trois cents représentations que donnent les autres Sociétaires, et dans lesquelles on doit bien cependant faire quelques sous. Cependant, comme nous n'avons pas grande confiance dans les réclames des journaux, admettons qu'il faille rabattre la moitié du chiffre indiqué, et qu'au lieu de 5 ou 6,000 fr., chaque représentation d'Hermione et d'Émilie ne produise pas plus de 2,500 fr. net, nous arriverons encore à une somme égale à celle des besoins de la Compagnie, et il suffira des recettes des trois cents autres jours de l'année pour constituer un bénéfice. Mais si les choses se passaient ainsi, la Société n'aurait pas de dettes et ne viendrait pas, dans une année aussi calamiteuse, grever les finances de l'État d'une nouvelle charge de 100,000 fr.

Il faudrait cependant s'entendre : ou Mlle Rachel ne fait pas même des demi-recettes, et alors elle est trop chèrement payée puisqu'elle reçoit 42,000 fr. sur la subvention et 20,000 fr. en feux, ce qui revient à 1,000 fr. pour chacune de ses représentations, ou les seize Sociétaires qui se partagent le reste des 150 mille francs n'ont aucune valeur aux yeux du public, et alors il faut les prier de rester auprès de leur femme et de leurs enfans. Dans l'un et l'autre cas, le gouvernement serait blâmable s'il laissait se continuer plus longtemps un état de choses aussi illogique et aussi fatal (1).

(1) Nous n'avons jamais pu nous expliquer comment les comédiens ont pu persister si long-temps à sacrifier à la réputation follement exagérée

Ajoutons encore une autre preuve de la touchante sollicitude des Sociétaires pour la Société. De peur qu'il ne restât

de cette tragédienne, leur amour-propre artistique et les résultats maté-
riels de l'exploitation théâtrale. Le public, trompé par des réclames men-
songères, a pu croire que Mlle Rachel ferait la fortune du Théâtre-Français; mais il doit commencer à ouvrir les yeux sur cette influence; comme
il les a déjà ouverts sur la véritable portée de ce talent tout négatif. Les
faits sont là d'ailleurs qui parlent plus haut que les mensonges payés à
tant la ligne. Ainsi, il suffit d'examiner quelle était la situation de la Comédie-Française au moment de l'admission de Mlle Rachel, et quelle est
cette situation aujourd'hui.

Mlle Rachel fit sans contredit de l'argent pendant les premières années
de son arrivée au théâtre. Cependant, sa réputation avait coûté si cher à
établir, d'une autre part son action absorbante avait si bien annulé l'influence de ses camarades, que ses recettes, les seules que fît alors le
théâtre (car la comédie, si bien montée à cette époque, ne faisait plus rien,
et les pièces nouvelles étaient tuées au profit de Mlle Rachel) que ses recettes, disons-nous, ne suffirent pas pour couvrir les dépenses. La Société était
endettée de plus de cent mille francs lorsque la retraite de Mlle Mars fut
annoncée. Les brillantes représentations que donna en 1841 cette comé-
dienne, à jamais regrettable, comblèrent ce déficit. Dès ce moment, la
Société se trouva au pair et complètement délivrée de dettes. C'est donc
depuis que l'astre de Mlle Rachel brille seul et sans conteste à l'horizon,
que se sont contractées les nouvelles dettes. Et comment pouvait-il en
être autrement? Comment pouvait-on croire que le public ne se lasserait
pas d'entendre toujours la même note indéfiniment répétée? Mlle Rachel
impuissante dans le drame, Mlle Rachel tournant sans cesse dans le cer-
cle fatal et infranchissable des six rôles qu'on lui avait appris, Mlle Rachel,
ne pouvait soutenir le poids écrasant de sa réputation qu'en imposant à
son administration des sacrifices énormes. — On ne sait pas ce qu'il en coûte
à Paris pour usurper une grande renommée. — Le Théâtre-Français, mieux
inspiré et mieux dirigé, aurait pu profiter du talent de Mlle Rachel, dont
le concours eût augmenté sans contredit la valeur du personnel tragique;
mais le Théâtre-Français, s'absorbant tout entier dans une individualité;
des artistes comme MM. Ligier, Beauvallet, Samson, Provost, qui après
tout ne sont pas sans mérite, s'effaçant complètement au profit d'une cu-
riosité dramatique; les recettes de toute une année sacrifiées pour rendre
plus brillantes les soixante représentations de l'actrice à la mode; le budget de la Société grevé d'une charge écrasante; une seule personne
mangeant les parts de quatre Sociétaires, plus jouissant de 20,000 francs
de feux et de trois ou quatre mois de congé; cette même personne mettant toute sa famille à la charge de l'institution et imposant à l'administration les lois de son caprice et de sa fantaisie, ce sont là des erreurs ou
plutôt des mystères qui ne peuvent s'expliquer que par quelque coupable
complicité.

quelque chose de leurs maigres recettes pour payer les frais généraux, les Sociétaires ont le soin de s'attribuer sur la recette quotidienne une allocation de 10 fr. par tête, qui, sous le nom de feux, vient entretenir leur zèle et les décider à se montrer le plus souvent qu'ils peuvent au public. Grâce à cette prévoyance, il doit arriver quelquefois que la recette tout entière se trouve absorbée par le prélèvement des feux. Souvent, en effet, elle ne dépasse pas une centaine de francs, et comme neuf ou dix Sociétaires ont joué dans la soirée, ils absorbent tout ce que la caisse a reçu ce jour-là. Quelquefois la recette est moindre encore et ne suffit même pas pour couvrir ce prélèvement toujours rigoureusement exigé ; mais la caisse sociale est là.

Comme on le voit, en toute circonstance, dans les grandes comme dans les petites choses, nous trouvons toujours l'institution sacrifiée aux intérêts particuliers, la Société endettée et les Sociétaires se faisant, aux dépens de l'Etat, aux dépens des autres artistes, aux dépens de l'art et de la littérature, de magnifiques revenus. N'a-t-on pas le droit de leur crier alors les paroles de Ruy-Blas aux ministres d'Espagne :

> Bon appétit, messieurs ! ô ministres intègres !
> Conseillers vertueux ! voilà votre façon
> De servir, serviteurs qui pillez la maison !
>
> . . . .
> . . . .

Il résulte de l'examen rapide que nous avons fait de l'état de la Comédie-Française, que la décadence et la ruine de cette institution ne sauraient être conjurées par un secours d'argent. Le mal, cependant, n'est pas irréparable. L'institution compromise par une mauvaise administration, peut être sauvée par une administration meilleure. Avant toute chose, il faut forcer les Sociétaires à exécuter fidèlement le décret de Moscou qui, dans le passé, leur semblait le palladium de leurs droits. — *Patere legem quam ipse tuleris,* peut-on leur dire. Ce décret, d'ailleurs, est une des plus belles œuvres que Napoléon ait laissées dans sa course hâtive à travers les événemens et les empires. C'est un monument qui constate de la manière la plus éclatante son aptitude pour les choses de gouvernement et qui, certes, contribuera à consacrer sa gloire comme homme d'Etat et législateur. Rien ne manque dans cette charte : les principes constitutifs y sont homogènes et la prévoyance en forme la principale force. Tous les intérêts y sont défendus avec une haute sollicitude ; les attributions diverses y sont établies avec une sagesse clairvoyante qui ne permet aucune confusion, qui prévient tous les chocs entre les amour-propres féroces et les prétentions envahissantes. On voit que le législateur savait à quelle sorte de gens il avait affaire, et il a traité les comédiens.... comme des comédiens !

Il faut donc que M. le ministre donne le premier l'exemple du respect qu'on doit à la loi en cessant de la violer lui-même.

En conséquence, nous demandons au ministre :

1° Qu'il cesse d'attribuer à une seule personne trois parts et demie, alors que la loi du 15 octobre 1812, article 10, fixe le maximum de chaque Sociétaire à une part ;

2° Que les fonctions de commissaire royal soient confiées à des mains fermes et surtout qu'elles ne soient plus tenues cumulativement avec celles de chargé d'affaires des membres associés, qu'enfin on ne voie plus cette monstrueuse anomalie d'un fonctionnaire qui reçoit du ministre 6,000 fr. pour surveiller une administration et de cette administration une somme égale pour ne pas la surveiller ;

Nous demandons 3° que la subvention ne soit plus arbitrairement partagée entre les Sociétaires, mais qu'elle soit versée dans la caisse sociale, qu'une partie (d'au moins 50,000 fr.) soit consacrée à l'extinction des dettes déjà contractées, et que, lorsque l'amortissement de la dette aura été parfait, cette même somme soit mise de côté comme fonds de réserve, conformément à l'article 21 du décret;

4° Enfin, que le ministre et son représentant avisent au moyen de compléter la Société, et portent le nombre des membres associés à 25 ou 30 qui devront être choisis parmi les artistes que l'opinion aura le plus distingués et non parmi ceux qui seraient désignés par les anciens titulaires.

Et dans le cas où ces clauses et toutes les conditions accessoires qui en découlent ne seraient pas acceptées par les Sociétaires actuels, nous demandons à la chambre de refuser, non pas seulement le nouveau secours de cent mille francs, lequel est inutile et doit être refusé en tout état de choses, mais aussi de rayer du budget pour l'année 1847, l'allocation annuelle de 200,000 fr.

Si cette mesure décisive amenait la dissolution de la présente Société, nous regarderions cet événement comme très heureux pour l'art dramatique et pour l'institution même du Théâtre-Français. Il serait facile, en effet, de constituer sur les mêmes bases une Société nouvelle dont les élémens, plus jeunes et plus forts, auraient plus d'attrait aux yeux du public et offriraient aux auteurs des interprètes sinon plus dignes du moins plus actifs et moins usés (1).

(1) Pour répondre à cette outrecuidance des comédiens ordinaires du roi, qui prétendent être les seuls, et pour rassurer aussi les esprits timorés et crédules sur l'avenir du Théâtre-Français, dans le cas où il se verrait privé de ceux qui l'exploitent dans ce moment, nous allons mettre à côté des titulaires les noms des artistes qui pourraient, soit en se combinant avec les Sociétaires actuels, soit en formant une Société nouvelle, soutenir la gloire de l'institution. On remarquera dans cette liste des noms qui ne sont pas illustres encore; mais il faudra tenir compte de l'éloignement où plusieurs ont été tenus de toute scène littéraire et même de la ville où

Nous avons négligé dans notre travail plusieurs questions qui pouvaient, cependant, entrer dans notre cadre et nous

se font les renommées artistiques. Nous avons oublié sans doute aussi des sujets remarquables à divers titres; ce n'est pas que nous ayons dédaigné leur mérite, mais c'est que, ou nous n'avions pas leurs noms présens dans notre souvenir, ou nous les avons négligés, afin de citer, non pas peut-être les meilleurs, mais ceux qui nous paraissaient avoir encore à fournir une assez longue carrière pour que la compagnie pût long-temps profiter de leurs services.

Nous ne désignerons pas les rôles qui conviendraient à nos recrues, les emplois étant aujourd'hui très confondus à la Comédie-Française, mais par les titulaires actuels on jugera des fonctions que nous attribuons aux nouveau-venus.

SOCIÉTAIRES ACTUELS.	SOCIÉTAIRES POSSIBLES ET ASPIRANS.
MM. Ligier.	MM. Frédérick-Lemaître. — Ballande.
Beauvallet.	Randoux. — Achille Machanette.
Guyon.	Darcourt. — Bignon. — Maubant.
Geffroy.	Bouchet. — Rouvière. — Sainte-Marie.
Maillart.	Clarence. — Laferrière. — Montdidier.
Brindeau.	Bressant. — Robert Kemp. — Pierron.
Leroux.	Labat. — Delauney.
Provost.	F. Lemaître (1). — Saint-Léon, — Mauzin.— Chéri. — Joannis.
Samson.	Bouffé.—Potier fils.—Bardou.—Desrosselle.
Régnier.	Louis Monrose.—Riché.—Barré.—Gabriel.
Mmes Desmousseaux.	Mmes Grassot. — Génot. — Réal. — Guillemin.
Mante.	Nathalie. — Allan-Despréaux (2).
Denain.	Z. Restout. — Rabut. — Doche.
Anaïs.	Rose Chéri. — Doze. — Naptal. — Garrick.
Brohan.	Varlet. — Henri Monnier. — Saint-Hilaire.
Rachel.	Maxime.
Mélingue.	Guyon. — Clarisse Miroy.
Noblet.	Araldi. — Moreau-Cinti.

Comme on le voit, les sujets ne manqueraient pas, soit pour compléter la Société actuelle, soit pour en former une autre. Sans doute il serait fâcheux que des artistes d'un talent éprouvé, comme MM. Ligier, Beauvallet, Provost, Samson, Régnier, Mmes Rachel et Anaïs, fussent perdus pour la scène française; mais à part que leur perte ne serait pas irréparable, nous croyons qu'ils ne trouveraient nulle part une position aussi

(1) Nous indiquons M. F. Lemaître pour la comédie comme pour le drame, persuadé que cet artiste jouerait d'une façon supérieure les rôles de composition tels que l'*Avare*, le *Joueur*, etc.

(2) Mme Allan revient de Saint-Pétersbourg où Mme Volnys est allée la remplacer.

fournir d'autres armes pour condamner l'administration de la Comédie-Française. Ainsi nous n'avons pas parlé du mauvais goût dont le Comité a fait preuve, pendant ces dernières années, dans le choix des ouvrages reçus. Le Comité a refusé

belle que celle que peut faire le Théâtre-Français, et qu'ils feraient tout au monde soit pour y rester, soit pour y rentrer s'ils en étaient sortis ; et à ce propos disons que c'est bien à tort que l'on affecte de craindre le départ de Mlle Rachel ; Mlle Rachel ne peut jouer la tragédie qu'à Paris, attendu qu'on ne la joue pas ailleurs, et que ce n'est qu'en passant et pendant quelques représentations que son nom peut conserver en province ou à l'étranger une profitable influence, et cette influence même ne peut exister qu'à la condition que Mlle Rachel viendra pendant au moins six mois de l'année, retremper et refaire à Paris sa provision de renommée éparpillée sur les scènes étrangères.

Nous devons aussi prévoir et réfuter d'avance une objection que l'on fera en voyant des noms tels que ceux de MM. Frédérick-Lemaître, Bouffé, etc.; croyez-vous, dira-t-on, que ces artistes, si généreusement récompensés au boulevart, voudraient quitter leur position pour une place de sociétaire à la rue Richelieu? Oui, certes, nous le croyons, car il n'est pas vrai que ces artistes aient la merveilleuse fortune que leur prête un crédule public. M. Bouffé gagnait au Gymnase 10,000 fr. par an; il a aux Variétés une somme plus forte, mais ses appointemens ne lui sont pas payés pendant son congé, qui dure trois ou quatre mois. M. Frédérick Lemaître reçoit en feux la presque totalité de ses émolumens, et reste souvent plus de la moitié de l'année sans jouer. Nous ne mettons pas en doute que ces artistes préférassent à des positions aussi précaires que la leur, une place de Sociétaire, où l'on se fait, bon an mal an, 18 à 20 mille francs de revenu, et où, après vingt ans de service, on est assuré d'avoir une rente viagère de 5,000 livres. Ajoutez à cela l'honneur d'appartenir à une institution qui n'est pas encore entièrement dépouillée de son ancienne gloire.

Un mot encore pour finir. On peut objecter que les artistes dont nous avons indiqué les noms, peuvent avoir avec leurs directeurs des engagemens difficiles ou coûteux à rompre. A cela, nous répondons par l'art. 63 du décret de Moscou, qui autorise le ministre à choisir les acteurs pour le Théâtre-Français sur tous les théâtres de l'Empire, déclarant que leurs engagemens seront suspendus et rompus si lesdits acteurs sont admis à l'essai.

Nous croyons que cet article n'ayant été abrogé par aucune loi, n'a pas cessé d'être en vigueur, et que les directeurs ne pourraient se plaindre du préjudice qu'il peut leur causer, attendu que tout citoyen est censé connaître la loi, et que c'était à eux à en prévoir l'application lorsqu'ils ont fait leurs contrats.

toute œuvre forte, neuve, originale, comme il refusait tout
artiste ayant quelque vigueur et quelque talent ; seulement,
dans le choix des ouvrages, nous ne suspecterons pas sa
bonne foi et n'accuserons pas son égoïsme comme dans le
choix des Sociétaires et des Pensionnaires. Nous croyons que
les comédiens auraient préféré une bonne à une mauvaise
pièce, parce que c'était là leur intérêt ; mais nous croyons
aussi qu'à leur insu et de bonne foi ils ont dû préférer ce
qui était médiocre, parce que leur nature les y pous-
sait. Le médiocre va au médiocre comme l'eau va à la
rivière, sans le savoir, sans y penser, par la loi des affinités
et de l'attraction. Aussi, bien loin de leur en faire un crime,
nous sommes tout prêt à les amnistier dans cette circonstance. Quant au remède à cela, il se trouvera dans un Comité
composé d'élémens plus jeunes, plus vigoureux, plus nombreux, et dans lequel l'action prépondérante d'un président
éclairé et indépendant se fera mieux sentir.

9 782019 997281